una fia

Il pesciolino d'oro

Terza ristampa, novembre 2013

Progetto grafico di Gaia Stock
© 2011 Edizioni EL, San Dorligo della Valle (Trieste)
ISBN 978-88-477-2780-9

www.edizioniel.com

una fiaba in tasca

Il pesciolino d'oro

da A. Puškin

...raccontata da Stefano Bordiglioni
illustrata da Francesco Zito

Edizioni EL

In una piccola casetta vicino al mare, vivevano in grande povertà un vecchio e sua moglie. Il vecchio fabbricava reti e pescava. Ma pochi pesci, solo quelli necessari per poter tirare avanti. Un giorno, però, tirando su la rete, si accorse che era molto pesante. Pensava che fosse piena, invece dentro c'era solo un pesciolino d'oro.
"Lasciami andare, vecchio. Io sono così piccolo! Se mi lasci tornare nel mare farò quello che vorrai."
Il vecchio s'impietosí, gettò in mare il pesciolino e andò a casa.

Raccontò tutto alla moglie, che si arrabbiò moltissimo.

"L'hai ributtato in acqua?! Hai fatto male! La dispensa è vuota, dovevi chiedergli almeno un po' di pane!"

Il vecchio allora tornò sulla riva del mare e chiamò:

"Pesciolino, pesciolino d'oro!"

Il pesciolino arrivò, e il vecchio pescatore gli disse delle lamentele della moglie, della dispensa vuota e del pane.

"Vai a casa, vecchio," disse il pesce d'oro, "ci sarà pane a volontà."

Quando fu a casa, il vecchio vide che il pane c'era, ma la moglie era ancora arrabbiata: si era rotta la tinozza per il bucato e lei ne voleva subito una nuova.

Il vecchio tornò al mare, chiamò di nuovo il pesciolino d'oro e gli disse della tinozza rotta.

"Certo, avrai la tua tinozza," lo rassicurò il pesce.

Il vecchio tornò a casa, ma sua moglie non lo lasciò neppure entrare.
"Torna subito dal pesce d'oro," gli ordinò, "e chiedigli una casa nuova: questa è vecchia e cadente!"

E per la terza volta il vecchio tornò in riva al mare e chiamò il pesciolino d'oro. Quando quello arrivò, si scusò e gli chiese una casa nuova. Ancora una volta il pesciolino magico lo accontentò.
Ora, al posto della sua vecchia casa, ce n'era una nuova, solida, calda e colorata. Ma la vecchia moglie non era ancora contenta.
"Vecchio sciocco, perché mai dovrei accontentarmi? Torna dal tuo pesce e digli che voglio un palazzo: voglio essere una ricca signora!"

Il povero vecchio si vergognava, ma tornò al mare e chiamò ancora il pesciolino d'oro.
"Mia moglie è impazzita," gli disse al suo arrivo. "Vuole un palazzo ed essere una ricca signora!"
Gli sembrava una richiesta esagerata, ma il pesciolino l'accontentò ancora. Al suo ritorno la casetta non c'era più: al suo posto sorgeva un palazzo e c'erano servi e stalle e scudieri al lavoro.

Il vecchio voleva entrare nel palazzo, ma sua moglie ordinò che fosse tenuto fuori: in fondo lei ora era una ricca signora, mentre lui era solo un povero pescatore.

Poi la vecchia ordinò che gli fosse data una scopa, e che pulisse il cortile.

Per molti giorni l'uomo dovette spazzare il cortile. E anche bene, se non voleva essere punito.

Per mangiare e per bere, il pescatore andava in cucina, ma le altre stanze del palazzo non le vide mai.

Un giorno la vecchia si stancò di essere solo una ricca signora, fece chiamare il vecchio e gli ordinò: "Va' dal pesciolino d'oro, vecchio, e digli che voglio essere regina!"

Il vecchio tornò al mare e chiamò e chiamò, ma il pesciolino d'oro questa volta proprio non si vedeva!
Il vecchio chiamò ancora e ancora. Improvvisamente il mare, calmo fino ad allora, ribollì e grandi onde sferzarono la spiaggia.

Il mare diventò tempestoso e in mezzo a quella tempesta apparve il pesciolino.

"Che vuoi, vecchio?" chiese con una vocetta dura e secca che il pescatore non ricordava di avergli mai sentito.

"Mi dispiace, pesciolino," rispose il pescatore, "ma mia moglie vuole essere una regina, avere un castello e mille servi ai suoi ordini."

Il pesce restò un attimo in silenzio, poi disse: "Torna a casa, vecchio, tua moglie avrà quello che si merita!"

Poi sparí in mezzo alle onde di quel mare in burrasca. Il vecchio tornò a casa, guardò e non credette ai suoi occhi: il palazzo era sparito e al suo posto c'era la vecchia casetta cadente.
Davanti alla casa era seduta sua moglie, con la tinozza rotta e l'aria stupita.
I due ricominciarono cosí a vivere come prima: ogni giorno il vecchio tornava a pescare in mare, ma non riuscí mai piú a prendere il pesciolino d'oro.

una fiaba in tasca

1. I musicanti di Brema
2. Cappuccetto Rosso
3. Hansel e Gretel
4. La cicala e la formica
5. I tre porcellini
6. Pinocchio
7. La principessa sul pisello
8. Giovannin senza paura
9. Il brutto anatroccolo
10. Pollicino
11. Biancaneve
12. Il gigante egoista
13. Il ragno Martino prende il pulmino
14. Una sorpresa per Rino pulcino
15. Passatempi nella giungla
16. Gallinetta, fai un ovetto!
17. Chi vuole essere mio amico?
18. Pinguino Paolino e il pesciolino
19. La lepre e la tartaruga
20. Il gatto con gli stivali
21. Riccioli d'Oro e i tre orsi
22. Barbablú
23. Il Principe Felice
24. La bella addormentata
25. Le tre chiavi
26. Il sale
27. La bambola di pasta
28. Cecino
29. Prezzemolina
30. La volpe e l'allodola
31. Fratellino e Sorellina
32. Cenerentola
33. Il vestito nuovo dell'Imperatore
34. Il corvo e la volpe
35. Il pifferaio di Hamelin
36. Peter Pan
37. Raperonzolo
38. Il pesciolino d'oro
39. Le tre piume
40. Il topo di campagna e il topo di città
41. L'usignolo dell'imperatore della Cina
42. Il soldatino di stagno
43. Il topo dei fumetti
44. Il giovane gambero
45. L'uomo che rubava il Colosseo
46. Promosso piú due
47. Le belle fate
48. L'Acca in fuga
49. Il birbante gabbato
50. La volpe e l'uva

51 Il lupo e i sette capretti
52 La sirenetta
53 Aladino
54 Pelle d'Asino
55 Alice nel paese delle meraviglie
56 Sinbad il marinaio
57 La piccola fiammiferaia
58 La volpe e la cicogna
59 Il leone e il topo
60 L'omino di pan di zenzero
61 Il cacciatore sfortunato
62 La strada di cioccolato
63 Una viola al Polo Nord
64 I capelli del gigante
65 La dinastia dei Poltroni
66 È in arrivo un treno carico di...
67 La rana e il bue
68 Schiaccianoci e il Re dei Topi
69 I tre capelli dell'orco
70 La Regina delle nevi
71 Rosabianca e Rosarossa
72 Mignolina
73 La bella e la bestia
74 Il fagiolo magico
75 Il principe ranocchio
76 Alí Babà e i quaranta ladroni
77 La gallina dalle uova d'oro
78 Il lupo e l'agnello
79 Aletto e Aletta

80 Aveva tre anni, era alta tre metri
81 Verdolina disubbidiente
82 L'asinello Nello
83 Ciccio sull'isola
84 Storia di Orecchio Rotto

Finito di stampare nel mese di ottobre 2013
per conto delle Edizioni EL
presso G. Canale & C. S.p.A., Borgaro Torinese (To)